KB057184

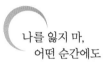

나를 잃지 마,
어떤 순간에도

나를 잃지 마, 어떤 순간에도

2019년 04월 03일 초판 01쇄 발행
2019년 04월 04일 초판 02쇄 발행
–
글 조유미
그림 김주환
–
발행인 이규상 단행본사업본부장 임현숙 편집장 이소영
책임편집 황유라 디자인팀 고광표, 장미혜, 손성규, 이효재
마케팅 1팀 이인국, 전연교, 허소윤, 윤송 영업지원 이순복
–
펴낸곳 ㈜백도씨
출판등록 제2012-000170호(2007년 6월 22일)
주소 03044 서울시 종로구 효자로7길 23, 3층(통의동 7-33)
전화 02 3443 0311(편집) 02 3012 0117(마케팅) 팩스 02 3012 3010
이메일 book@100doci.com(편집·원고 투고) valva@100doci.com(유통·사업 제휴)
블로그 blog.naver.com/h_bird 인스타그램 @100doci
–
ISBN 978-89-6833-205-0 03810
© 조유미, 2019, Printed in Korea

이 도서의 국립중앙도서관 출판예정도서목록(CIP)은 서지정보유통지원시스템 홈페이지(http://seoji.nl.go.kr)와
국가자료공동목록시스템(http://www.nl.go.kr/kolisnet)에서 이용하실 수 있습니다.(CIP제어번호: CIP2019009457)

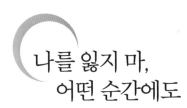

나를 잃지 마,
어떤 순간에도

누군가를 사랑하기 전에
나를 사랑하는 일
나를 안아주는 일

조유미 에세이

허밍버드
Hummingbird

To _____

사랑 때문에

물거품처럼 사라져 가는

당신의 시간에

이 책을 선물합니다.

From _____

사랑하는 사람에게 좋은 사람이 되어 주는 것도 중요하지만
나 자신에게 좋은 사람이 되는 것이 먼저입니다.

이해도, 배려도, 양보도 다 좋지만
자신을 잃어 가며 베푸는 마음은

연애에는 득이 될지 몰라도
인생에는 독이 됩니다.

나는 당신이 사랑 때문에
사라지지 않았으면 합니다.

누군가를 사랑하더라도
당신을 지켜 내며 사랑하면 좋겠습니다.

그 어떤 순간에도 나를 잃지 마세요.
내가 있어야 사랑도 있습니다.

_____ 사연을 읽어주는 여자, 조유미

Prologue____006

나를 잃지 마,
어떤 순간에도

그렇게까지는 하지 말걸____018

사랑을 수없이 물었다____020

실패작____023

사랑과 집착, 그 사이____025

Letter #1 100%까지 채울 수 있는 사람____028

참 어려운 연애____030

어중간한 사람____033

나는 잘못하지 않았다____035

Letter #2 나를 잃어버리지 말 것____038

다시 일어나는 연습____040

참 불공평한 사랑____043

꽃이 아닌 곰팡이____046

우리만의 사랑을 꾸려 나가자____048

Letter #3 언제 터질지 모르는 마음____050

그러지 말았어야지____052

들은 척도 하지 않는 너____054

그럼에도 불구하고____057

Letter #4 확실한 행복은 그 사람이 아니었다____060

물거품처럼
사라지지 않으려면

네 모습이 아프다___070

잊어야 할 것들마저도 담고 있나 보다___072

너의 첫 번째___074

Letter #5 물거품이 되지 않으려면___076

편한 것과 소홀한 것___078

하고 싶은 말을 참는다___081

언성을 높여야지만___084

Letter #6 마음이 견딜 수 있는 만큼만___086

사소함으로 시작한 사랑___089

어차피 이해해 주겠지___091

이별에 잠기고 나서야___094

Letter #7 사랑받을 준비___096

내가 나를 아끼지 않으면___098

을의 연애___100

사랑을 확인하는 법___103

Letter #8 No Good, Good___106

내가 설 자리___108

하나도 안 괜찮아___110

사랑을 침몰시켰다___112

Letter #9 유일한 당신___114

끝내 그 사람이
나를 몰라보더라도

행복하지 않은 사랑을 대하는 자세___124

다른 의미로 행복했었다___126

우리 이제 그만하자___129

당연한 노력은 없다___132

Letter #10 마음 편한 사랑___134

그 자체로 소중하다___136

사랑을 시작하는 게 두려울 때___139

내 옆자리를 내어 주는 것___142

Letter #11 한 번 더 던져 보세요___146

한없이 초라해진다___148

미워하지 말자___150

왜 연애 안 해?___152

Letter #12 행복을 양보하지 마세요___154

연인의 말투___156

괜찮았다가 다시 무너진다___159

모래 위에 쌓은 성___162

연락을 안 하면 걱정하겠구나___164

보내는 사람의 마음___167

Letter #13 사랑은 기억해 주는 것___168

사랑은 떠나도
나는 남는다

희망이 가장 잔인했다___178

시간이 지나야 낫는 고통___181

특별한 사람이 되고 싶다___184

이별은 코끼리 코___186

Letter #14 무너지지 마세요___188

서로를 더 아껴 주자___190

당신을 칭찬해요___192

넘기지 말아야 될 하루___195

맞춰 가며 사랑하는 것___198

Letter #15 항상 즐겁지 않을 수 있다는 것___200

그런 게 사랑인 줄 알았다___202

눈길이 가는 사람___204

시린 마음은 뽑아야 하는데___207

아프지 않은 상처는 없다___208

Letter #16 가치를 보지 못한 것뿐___210

생각이 달라도 마음은 같다는 것___212

너무 사랑해서 어쩔 수 없는 마음___214

내 속을 몰라주는 너___218

이토록 소중한 너___220

Letter #17 내 마음이 다치지 않도록___222

잊지 마,
내 사랑의 주인은
나라는 걸

마냥 이해만 바라는 너___232

아직은 사랑합니다___234

마음이 없었다는 것___236

Letter #18 얼룩을 남기지 마세요___238

끝까지 참아야 된다는 사실___240

쏟아 버린 마음___243

잃고 나서 후회하는 네 모습___244

Letter #19 스스로를 좋아하는 마음___246

인연도 영원할 수 없으니___248

마음이 저리는 일___251

완전한 남___253

좋았던 우리는 없다___256

의미 없는 물음___258

Letter #20 적당한 힘으로 사랑을 던질 것___260

시작처럼 끝도 행복한 연애___262

나만 놓으면 끝나는 건데___264

너 없이도 괜찮다___266

Letter #21 사랑의 주인___268

나를 잃지 마, 어떤 순간에도

지금, 사랑하고 있나요?

그렇다면 잊지 말아요.

마음속 1순위는

그 사람이 아닌

나 자신이어야 한다는 걸.

내 마음이

견딜 수 있는 만큼만

노력하세요.

조금만 힘을 빼고

그 사람을 바라봐요.

여유가 없는 사랑은

금방 지치기 마련이에요.

그렇게까지는 하지 말걸

너무 사랑해서
그 사람이 원하는 건
별로 내키지 않아도
다 들어줬습니다.

싫었지만 들어줬습니다.
사랑은 무엇이든 가능하게 만드니까요.

그런데 그 사랑이 끝나고
내 안에 남은 후회의 한 문장은

'그렇게까지는 하지 말걸'이었습니다.

사랑하는 사람이 원하는 걸
들어줄 수는 있지만

내가 내키지 않는데
굳이 그렇게까지 할 필요는 없었다는
생각이 들었습니다.

그렇게 해야만 유지될 관계였다면
애초에 끊어 내는 게 맞을 테니까요.

나는 왜 그렇게까지
아등바등하며
사랑을 했을까요.

그렇게까지는 하지 말 걸 그랬습니다.

사랑을
수없이
물었다

나는 항상 너의 사랑을 확인하려 했다.

너를 향한 내 마음은
감당하지 못할 만큼 커졌는데
나를 향한 네 마음은
어느 정도일까 궁금했다.

나를 얼마큼 사랑하냐고 물어서라도
너에게 확신을 얻고 싶었다.

보이지도 않는 마음의 크기를
말로 들어서 무슨 소용이냐 하겠지만

그래도 나는 내 두 귀로
너의 마음을 듣고 싶었다.
너도 내 마음과 같기를 바랐다.

어느 한쪽으로 기울어진 사랑이 아니라
서로 균형을 맞춰 가며 사랑하고 싶었다.

그래서 나는 너에 대해
끊임없이 알고 싶었다.

너의 마음에 변화가 있는지.
우리 사랑에 흔들림은 없는지.

언젠가 네가 말없이
훌쩍 떠날까 봐

그 두려움을 감추기 위해
나를 얼마큼 사랑하느냐고 수없이 물었다.

실
패
작

밝은 성격이 아닌데
일부러 밝은 척했다.

커피를 좋아하지 않는데
일부러 좋아하는 척했다.

힙합 음악을 즐겨 듣지 않는데
일부러 즐겨 듣는 척했다.

그 사람 마음에 한번 들어가 보겠다고
몇십 년 동안의 내 모습을 지우고
그 사람만을 위한 나를 꾸며 내기 시작했다.

하지만 그렇게 해서 얻은 사랑은
아무리 받아도 내 안에 꽉 찬 느낌이 들지 않았다.

그 사람은 있는 그대로의 내가 아니라
억지로 꾸며 낸 나를 사랑한 것이기 때문이다.

사랑하는 시간이 늘 힘겨웠다.
내가 그토록 사랑하는 사람이
나를 바라봐 준다는 건 행복했지만

연극이 끝나고 무대 아래로 내려와
분장을 지우면 한없이 초라해졌다.

사랑이라는 연극이 끝난 후
그제야 깨달았다.

이 연극은 실패작이었다는 것을.

진짜 '나'라는 사람은
그 사람에게 사랑받지 못했다는 것을.

사랑과 집착,
그 사이

서로가 원하는 부분이 같으면
'사랑'이 되지만

서로가 원하는 부분이 다르면
'집착'이 된다.

그래서 사랑과 집착은
구분하기가 매우 어렵다.

나는 분명히 사랑을 줬는데
상대방은 집착으로 느낄 때도 있으니까.

그래서 어느 한 명은
상처를 받게 된다.

나는 분명 좋은 마음이었는데
상대는 싫다며 밀어낼 때도 있으니까.

나에게는 당연한 것인데
상대에게는 그렇지 않을 때

마음의 크기가 다르다 보니
서로에게 오해만 쌓인다.

그 사람을 사랑하기 때문에
당연히 원하는 것인데

마치 내가 집착하는 것처럼 말하는
그 사람을 볼 때면
어디서부터 무엇이 잘못되었는지
헤아리기 어렵다.

'내가 정말 집착하는 건가?
나 때문에 힘들어하는 건가?'

내 잘못이 아닐 때조차도
나를 탓하게 된다.

100%까지 채울 수 있는 사람

당신이 가장 사랑해야 할 사람은
바로 당신입니다.

다른 사람으로부터 받는 사랑은
당신을 완벽하게 만족시킬 수 없습니다.

아무리 잘 통하는 사람이라도
당신의 전부를 알 수는 없으니까요.

늘 당신 곁에 있어 줄 수 없고
항상 당신이 1순위일 수는 없으니까요.

다른 사람이 99%까지 채워 줄 수는 있어도
100% 다 채워 주지는 못합니다.

100%까지 채울 수 있는 사람은
바로 나, 자신입니다.

그렇기 때문에
내가 나를 가장 잘 알아야 하고
내가 나를 가장 사랑해야 합니다.

좋은 분위기를 깨기 싫어서
너에게 불만을 말하지 못했다.
매일 다투다가 겨우 찾아온 평화를
내 손으로 부수고 싶지 않았다.

그렇게 한 번 참고 나니
비참한 사실을 깨닫게 되었다.

'하고 싶은 말을 참으면
우리도 행복하게 연애할 수 있구나.'
'그렇게 지긋지긋한 다툼도
나만 참으면 사라지는 것이었구나.'

모든 잘못의 원인이
나를 향하고 있는 것 같았다.

그래서 그때부터
하고 싶은 말을 참기로 했다.

참 신기하게도 내가 참으니까
우리의 연애는 무난하게 흘러갔다.

하지만 참는 게 습관이 될수록
마음 한구석이 텅 빈 것 같았다.
겉으로는 행복한 것처럼 보였지만
속은 그렇지 않았다.

밑 빠진 독에 물을 붓는 느낌이었다.
아무리 채워도 채워지지가 않았다.

그 사람 앞에서 웃고는 있지만
그건 씁쓸한 웃음이었다.

하고 싶은 말을 하자니
계속 다투게 되고

하고 싶은 말을 참자니
내가 점점 불행해진다.

연애, 참 어렵다.

어중간한

사람

걱정이 걱정을 해결해 주는 것도 아닌데
나는 왜 매 순간 걱정부터 하는 걸까.

흘러가면 흘러가는 대로
지나가면 지나가는 대로

그냥 그렇게 시간에 맡기고
편하게 살면 되는데

나는 왜 일이 닥치기도 전에
걱정부터 하는 걸까.

괜찮다, 괜찮다 하면서
정말 괜찮아하는 것도 아니고

걱정 마, 걱정 마 하면서
걱정을 안 하는 것도 아니고

나는 왜 모든 순간에
어중간히 행동하는 걸까.

똑 부러지지도 않고
걱정만 많이 하고.

나도 나 자신을 마음에 안 들어 하는데
다른 사람들은 나를 얼마나 한심하게 볼까.

나는
잘못하지 않았다

내가 서운하다고 말할 때마다
그 사람은 내게 화를 냈다.

처음에는 그런 그 사람이 미웠지만
이 과정이 반복되니 내가 정말 잘못한 것 같았다.

그래서 항상 마음을 숙였고
그 사람의 눈치를 보기 바빴다.

내 자존감은 바닥을 뚫고
저 아래로 내려갔으며
연애를 하는 게 아니라 관심을 구걸하고 있었다.

헤어지고 나서
깨달은 게 하나 있다면

그 사람에게 서운한 마음이 들었던 건
'잘못'이 아니라는 것이다.

서로 마음의 크기가 달랐기에
빈자리가 생겨서 공허함을 느꼈고
나는 그 빈자리를
그 사람이 채워 주기를 바랐다.

마음의 빈자리를
채워 달라고 말한 것뿐인데
마치 내가 잘못한 것처럼
그 사람은 나에게 화살을 돌렸다.

이제는 확실히 말할 수 있다.
나는 그때 잘못하지 않았다고.

그저 사랑받고 싶었을 뿐이라고.
사랑이 너무 부족해서 그랬다고.

누가 잘못한 게 아니라
서로에게 원하는 모습이 달라서
맞지 않았던 것이라고.

나를 잃어버리지 말 것

나를 잃어버리면서까지
누군가를 사랑하게 된다면

결국 그 사람은 나를 사랑하는 게 아니라
내 껍데기를 사랑하게 됩니다.

하고 싶은 이야기를 꾹꾹 참으면
그 순간은 모면할 수 있지만
꽉 막힌 마음은
한 줌의 공기에도 터지고 맙니다.

싫은 상황을 억지로 버틴다면
그 순간은 넘길 수 있지만
금이 간 마음은
조그마한 충격에도 깨지고 맙니다.

사랑은 맞춰 가는 것이지
나를 포기하는 것이 아닙니다.

사랑 안에서
나를 잃어버리지 말아요.

다시 일어나는 연습

나는 지금까지
내 눈앞에 보이는 상처들을
피하려고만 했다.

조그마한 불행에도 휘청일 만큼
마음이 여린 사람이라서
상처가 된 기억들을
부정하기 바빴다.

상처도 나의 일부인데
좋았던 내 모습만 기억하고 싶어서
포장지로 상처를 덧대곤 했다.

하지만 나는 오늘부터
상처 또한 내 삶의 일부임을
받아들이기로 했다.

상처를 인정해야
한 걸음 나아갈 수 있으니까.

비록 그 상처 때문에
넘어질지 몰라도

나는 무릎에 묻은 흙을 털고
다시 일어나는 연습을 할 것이다.

참
불공평한
사랑

문득 그 사람에게
심술이 났다.

내가 보낸 문자에
오랜 시간 동안 답장하지 않는 게
미웠기 때문이다.

물론 그것만으로
심술이 난 건 아니었다.

그동안 조금씩 쌓인 마음이
한번에 터진 것이다.

시간이 한참 흐른 뒤
그에게 답장이 왔지만
나는 문자를 읽지 않은 척,
일부러 답장하지 않았다.

내가 그에게 부릴 수 있는
가장 잔인한 심술이었다.

이런 나의 토라짐을 눈치 채고
내 마음을 알아주기를 바랐다.

오늘처럼 나를 서운하게끔
만들지 않기를 바랐다.

그리고 몇 시간 뒤
아무 일도 없었다는 듯이
그에게 답장을 보냈다.

"미안, 좀 바빴어."

하지만 그는 나와는 달리 태연했다.

"괜찮아. 바쁘면 이따가 연락해도 돼."

이 사람은 어쩜 이렇게
아무렇지 않을 수 있을까.

나는 답장이 조금만 늦어도
마음이 조마조마한데
너는 왜 나의 큰 변화에도
태연한 걸까.

사랑, 참 불공평하다.

꽃이 아닌 곰팡이

그 사람의 기분을 상하게 하고 싶지 않아서
내 마음을 꺼내 보이지 않았는데

갇혀 있던 그 마음이 내 안에서 곪아
나를 상하게 만들었다.

사랑이 통하도록
때때로 환기를 시켜야 하는데

이대로 두면 괜찮아질 거라 믿고서
문을 굳게 닫아 놓았더니

꽃이 피어야 될 마음속에
곰팡이가 피어 버렸다.

우리만의 사랑을 꾸려 나가자

주변에 있는 다른 연인과 비교하며
사랑하지 말자.

친구 애인은 얼마나 잘해 주는지.
친구 연인은 얼마나 잘 지내는지.

나의 애인을, 나의 연애를
다른 무엇과 비교하지 말자.

연애의 기준은 '우리'여야지
다른 것에 기준을 세우지 말자.

대부분의 연인은
깊은 고민을 한 가지씩 안고 있다.

다만 겉으로 티 내지 않아서
보이지 않을 뿐이다.

우리만 갈등이 있는 것도 아니고
우리만 고민이 있는 것도 아니다.

그러니 주변 소식에
부러워하지 말자.

우리는 우리만의 사랑을
꾸려 나가자.

너와 나,
두 사람이 연애하는 것이니까.

언제 터질지 모르는 마음

겉이 멀쩡하면 뭐해요.
속이 망가지고 있는데.

이미 한쪽은 불만이 쌓여서
엉망진창이 되어 가고 있는데.

"아무것도 아니야"라는 말로
원하는 게 없는 척하고 있지만

진짜 속마음은
그게 아니잖아요.

폭탄처럼 언제 터질지 모르는 마음으로
누군가를 사랑하는 건 위험해요.

폭발하듯 이별하면
나중에 후회로 마음에 자국이 남아요.

당신이 원하는 것을 솔직하게 털어놓아요.
그것부터가 시작이에요.

그러지
말았어야지

연애할 시간이 없었으면
차라리 시작조차 하지 말지.

왜 잘 살고 있던 사람을 흔들어서
상처만 남긴 건지.

연애할 마음이 없었으면
차라리 관심조차 주지 말지.

평범했던 내 삶을 헤집어 놓고
왜 내 곁을 떠나간 건지.

그렇게 쉽게 버릴 거였으면
달콤한 말로 유혹하지 말았어야지.

그렇게 쉽게 그만둘 거였으면
함께할 미래를 그리지 말았어야지.

그런 가벼운 마음으로
좋아한다고 말하지 말았어야지.

우리의 평생을
약속하지 말았어야지.

들은 척도 하지 않는 너

내가 조곤조곤 말할 땐
귀담아듣지 않았으면서

왜 갑자기 그런 일로 언성을 높이냐며
나에게 도리어 화를 낼 때 네가 참 미워진다.

내가 차근차근 풀어 나가려 할 땐
관심조차 가지지 않았으면서

왜 평소에 쌓아 두다가 한번에 터뜨리냐며
문제를 내 탓으로 돌릴 때 네가 참 미워진다.

나는 끊임없이 티를 냈는데
아무것도 몰랐다는 듯이 말하면

마음 한구석이 꽉 막혀서
속이 터질 것만 같다.

나는 이때까지
대화로 풀기 위해 노력했었다.

들은 척도 하지 않는 너를
앞에 두고서.

그
럼
에
도

불
구
하
고

부쩍 줄어든 연락,
피곤함이 가득한 모습.

네가 나를 사랑하고 있다는
큰 틀은 변하지 않았는데
그 틀 안에서 조금씩 변한 너의 모습이
왜 이렇게 서운한 걸까.

나를 사랑하는 마음은
여전히 느껴지지만
내 마음이 공허한 건
어떻게 설명하면 좋을까.

'그래, 너도 사람인데
어떻게 늘 한결같을 수 있겠어.'

나 혼자 너의 모습을 감싸며
이해해 보려고 하다가

'그래도 변하지 않도록
노력할 수는 없는 걸까?'

너에게 사랑받고 싶은 마음에
욕심을 부리게 된다.

시간이 흐름에 따라 사람이 변하는 걸
완전히 막을 수 없다는 걸 안다.

나도 너를 만나면서
변한 게 있을 것이다.

너만의 문제가 아니란 걸 알기 때문에
너를 탓하고 싶지 않은데

머리로는 잘 알면서도
'그럼에도 불구하고'라는 단어를
비워 내지 못하는 걸 보면

나는 아직도
어른이 되지 못했나 보다.

확실한 행복은 그 사람이 아니었다

모든 생각을 치우고
딱 한 가지만 생각해 보았습니다.

지금 내 마음이 아픈 이유가
정말 '그 사람' 때문일까?

아니었습니다.

그 사람과 함께 있을 때
행복해하는 내 모습이 그리워서
마음이 아픈 것이었습니다.

그때 알았습니다.

마음이 아프지 않기 위해서
내가 찾아야 하는 건
그 사람이 아니라
'행복해하는 내 모습'이라는 것을요.

마음의 중심을 잡기 위해서 필요한 건
그 사람이 아니라
나의 확실한 행복이었습니다.

중심을 잡기 위해서 필요했던 건

그 사람이 아니었다.

수백 번 넘어져도
매번 다시 일어날 수 있었던 원동력은

나의 확실한 행복이었다.

물거품처럼 사라지지 않으려면

가라앉고 있는 마음을 그대로 두면

흙바닥에 묻혀 빛을 잃고 맙니다.

나를 지키지 않고 사랑한다면

모든 것이 물거품이 됩니다.

나를 잃어버리면서까지
누군가를 사랑하지 마세요.

나를 지킬 수 있어야
사랑하는 사람도 지킬 수 있습니다.

네
모
습
이

아
프
다

하루아침에 떠나 버린
마음이 아니었다.

마음이 돌아서기까지
수많은 시간이 있었고

그 시간들 속에서 무수한 한숨과
멈추지 않는 눈물이 스쳐 갔다.

몰라서 그랬다고 말하지 마라.
내가 더 비참해지니까.

나는 네가 못 알아들을까 봐
다양한 방법으로 표현했지만

내가 노력할 때 너는
관심조차 가지지 않았으니까.

네가 무슨 짓을 해도
다 받아 주니까

안일함에 둘러싸여
귀 기울이지 않아 놓고선

내가 헤어지자고 말하니까
이제야 경각심을 느끼고

잘하겠다며
한 번만 믿어달라며

눈물겹게 애원하는 네 모습이
나는 참 아프다.

잊어야 할 것들마저도 담고 있나 보다

변해 버린 지금의 너는
보고 싶지 않지만

내가 반했던 그때의 네가
가끔씩 그리워져서

아직도 나는 너를
놓지 못하고 있나 보다.

갈라져 버린 지금의 우리는
기억하고 싶지 않지만

가장 빛났던 그때의 우리가
가끔씩 떠올라서

아직도 나는 우리를
지우지 못하고 있나 보다.

예전으로 돌아가고 싶은
마음은 없지만

누군가를 한없이 좋아했던
그때의 내 모습이 소중해서

잊어야 할 것들마저도
마음속에 계속 담고 있나 보다.

너
의

첫
번
째

너는 늘 그랬어.
나를 항상 뒤로 미뤘지.

일이 다 끝나야 나에게 연락을 했고
친구들과의 약속이 끝나야 나를 만나러 왔어.

내가 너의 첫 번째로 살았던 순간은
네가 나랑 사귀고 싶어 했던
그때뿐이었을까.

나에게 잘해 주던 모습에 반해서
마음을 열었던 건데.

내가 너의 사람이 되었다는
이유 하나만으로

나를 이렇게
소홀히 대할 줄 알았다면

처음부터 너에게
관심을 주지 않았을 텐데.

너의 일부만 보고
나의 전부를 내어 준

그때의 내 선택이
바보 같을 뿐이야.

물거품이 되지 않으려면

휴대폰을 보면서 걸으면
위험한 상황을 인지하지 못하는 것처럼

사랑에 푹 빠져 버리면
옳고 그름을 판단하지 못할 때가 있습니다.

분명히 그 사람이 잘못했는데도
사랑하니까 그냥 넘어가 주고

그 사람이 상처만 주는데도
사랑하니까 괜찮다고 생각합니다.

멀리서 보면 옳지 않다고
단호히 말할 수 있는데

내가 그 상황 속에 들어가 있으니
헷갈리는 것일 테지요.

헤엄쳐 나와야 합니다.

가라앉고 있는 마음을 그대로 두면
흙바닥에 묻혀 빛을 잃고 맙니다.

사랑이라는 감정을 앞세워 변명만 내놓는
그 사람으로부터 벗어나야 합니다.

나를 지키지 않고 사랑한다면
모든 것이 물거품이 됩니다.

편한 것과 소홀한 것

오랜 시간을 함께했으니
편하게 연애할 때도 되지 않았냐고

내가 너무 많은 걸 요구한다는 듯이
다그칠 때가 있다.

하지만 네가 반드시
알아야 할 사실은

사람을 편하게 대하는 것과
소홀하게 대하는 건 다르다는 점이다.

자신을 편하게 대한다고 해서
서운하다고 말할 애인은 없을 것이다.

자신을 소홀히 여기는 것 같으니까
서운함을 표현하는 것이다.

편한 것과 소홀한 것은
엄연히 다르다.

네가 너무 많이 변한 것 같아서
서운하다는 말은

네가 나에게 소홀해진 것 같아서
서운하다는 의미다.

하고 싶은 말을 참는다

서운하다고 말하기에는
내가 속 좁은 사람인 것 같고

말을 하지 않자니
내 속이 터질 것 같다.

문제를 하나씩 짚고 가기에는
네가 지칠 것 같고

이해하고 그냥 넘어가자니
내가 못 견딜 것 같다.

사소한 것으로 불만을 표현하기에는
내가 예민한 사람이 되는 것 같고

아무렇지 않은 척하자니
내 얼굴은 이미 어두워져 있다.

지금 이 행복을 깨뜨리기 싫어서
애써 참고 있지만

내가 언제까지 참을 수 있을지는
나도 잘 모르겠다.

연인 간에 대화가 중요하다는 건
나도 잘 알고 있지만

섣불리 대화를 시도했다가
괜히 분위기를 무겁게 만들까 봐

너에게 하고 싶은 말을
오늘도 참는다.

언성을
높여야지만

왜 꼭 언성을 높여야
사태의 심각성을 알까.

기분 좋게 넘어가고 싶어서
부드럽게 말하면

내가 아무렇지 않은 줄 알고
자신의 행동을 그만둘 줄 모른다.

사랑하는 사람에게 짜증 내기 싫어서
일부러 내 감정을 참고 있는 건데

내 마음도 모르고
눈치 없이 행동하는 상대를 볼 때면

머리끝까지 화가 치밀어서
한숨만 내쉬게 된다.

좋은 분위기를 망치고 싶지 않은 마음을
왜 몰라주는 걸까.

부드럽게 이야기할 때
눈치껏 행동했으면 좋겠는데

짜증을 내고 화를 내야
상황을 파악한다.

문제가 생겼을 때
웃으면서 좋게 넘어갈 수는 없는 걸까.

왜 꼭 언성을 높여야
사태의 심각성을 알까.

마음이 견딜 수 있는 만큼만

내가 무조건 참고 이해해도
상대방이 나의 노력을
전부 다 알아주지는 않더라고요.
심지어 당연하게 여기는 경우도 있고요.

그때 알았어요.

타인이 나의 노력을 전부 다 알아주는 건
불가능한 일이라는 것을.

그래서 그때부터
적당히 노력하는 법을 배웠어요.

관계를 위해서 최선을 다하되
내 마음이 힘들 정도로 노력하진 않았어요.

그랬더니 우리의 관계가
편해지더라고요.

내가 할 수 있는 만큼만 노력하니까
마음이 힘들지 않았고

마음이 힘들지 않으니까
노력을 알아주길 바라는 욕심이 없어지더라고요.

무엇이든 적당히 해야 하는 거였어요.

내 마음이 견딜 수 있는 만큼만
노력했어야 하는데

마음이 앞서서 과하게 노력했더니
내가 행복하지 않더라고요.

사소함으로 시작한 사랑

서운함은 큰일 때문에
생기는 게 아니다.

사소한 것들이 쌓이기 시작하면
서운함이 되는 것이다.

자면 잔다고 말해 주는 것.
바쁘면 바쁘다고 말해 주는 것.

잠깐 시간만 내면 충분히 할 수 있는 일을
한두 번 미루기 시작하면
서운함이 생기는 것이다.

처음에는 상대방을
이해해 보려고 노력하지만

내가 이해하면 할수록
상대방은 더 자주 내 마음의 경계를 넘는다.

그 이후로는 서운함을 넘어
마음이 상하고

'사소한 일조차 챙겨 주지 않을 만큼
나에게 마음이 없나' 싶은 생각과 함께
지금의 연애가 혼란스럽기 시작한다.

사소한 일을
사소하게 대하지 않았으면 좋겠다.

우리는 그 사소함으로
사랑하기 시작한 거니까.

어차피 │ 이해해 주겠지

너의 기분이 상하지 않도록
맞춰 주려고 했던 나의 노력을

마치 당연한 선물인 것처럼
받아들이지 말기를.

인연이 끊어지지 않도록
항상 눈치를 봤던 나의 노력을

마치 당연한 습관인 것처럼
받아들이지 말기를.

너와 함께 보낸 시간 때문에
인연을 쉽게 끊지 못하는 나를

마치 장난감처럼 갖고 놀며
이용하지 말기를.

네가 미안하다는 말도 없이
너의 잘못을 넘어가려 할 때

언성을 높이기 싫어서
웃어넘기려 했던 내 마음을
바보처럼 여기지 말기를.

'어차피 내가 이렇게 행동해도
이해해 주겠지.'

내 마음을 참아 가며
눈물 쏟았던 그날들을

'어차피'라는 단어로
우습게 만들지 말기를.

이별에 잠기고 나서야

눈에 보이지 않고
손에 잡히지 않아서

소중한 줄 알아도
소중하게 여기지 않는다.

늘 내 곁에 머물고 있는 사랑이
얼마나 소중한지는
이별에 잠기고 나서야 깨닫게 된다.

이별에 빠져 허우적거릴 때

뭐라도 붙잡고 빠져나오려 해도
허공을 휘젓는 느낌이 날 때

무슨 짓을 해도
돌이킬 수 없다는 공포를 느낄 때

그제서야 깨닫는다.

사랑이 소중했구나.
그 사랑으로 내가 웃을 수 있었구나.

사랑받을 준비

연애를 하기 전에
반드시 갖춰야 할 것은

자기 자신을
사랑하는 마음입니다.

나를 사랑하는 법을 모른 채
다른 누군가를 사랑한다면

내가 가지고 있는 모습을
잃어버릴 수 있어요.

사랑할수록 집착하게 되는 이유도
스스로를 사랑하지 않아서입니다.

나 자신보다 상대방을
더 많이 사랑하고 있기 때문에

그 사람을 잃으면
내가 존재하는 의미 또한 사라집니다.

그런 상황을 견딜 자신이 없어서
그 사람에게 버려지지 않으려고

끊임없이 집착하며
매달리는 것입니다.

사랑받기 위해서는
사랑받을 준비도 필요해요.

나 자신을 온전히 사랑하는 일.

그것이 사랑받기 위한
첫 번째 준비입니다.

내가 나를 아끼지 않으면

내가 나를 깎아내리며
스스로를 아끼지 않는데
어떻게 남이 나를 존중해 주길 바라는가.

내가 나를 비난하며
예뻐하지 않는데
어떻게 남이 나를 사랑해 주길 바라는가.

내가 나를 미워하며
못난 모습만 기억하는데
어떻게 남이 나를 그리워해 주길 바라는가.

내가 나를 괴롭히며
주저앉아 버리는데
어떻게 남이 나를 도와주길 바라는가.

내가 나를 회피하며
어둠 속으로 밀어 넣는데
어떻게 남이 나를 바라봐 주길 바라는가.

나조차도 나의 모습을
부정하고 있는데

어떻게 다른 사람이
긍정해 주겠는가.

을
의
연
애

연애를 할 때 자신의 가치를
스스로 깎아내리는 사람이 있다.

상대방이 내게 말도 안 되는 요구를 해도
혹시나 내 곁을 떠나갈까 봐
어쩔 수 없이 들어주기도 하고

나는 별로 내키지 않지만
상대방이 좋아하니까
억지로 들어주기도 한다.

더 사랑하는 사람이
'을'이 된다며 늘 불평하지만

나 자신을 '을'로 밀어 넣은 건
내 선택들이었다.

받아들일 것은 받아들이고
거절할 것은 거절했다면
상대방도 내 존재를
'을'로 여기지 않았을 텐데

무슨 짓을 해도 다 받아 주니까
자기 멋대로 연애하는 것이다.

헤어지는 게 두려워서
자신의 가치를 깎아내리는 행동을 하지 마라.

그럴수록 사랑은 균형을 잃어서
불공평해질 것이며
상대방은 당신의 마음을
더 우습게 여길 것이다.

사랑을
확인하는
법

눈에 보이지 않는 사랑을
눈으로 볼 수 있는 방법이 있다.

그 사람과 함께 있을 때
내 표정을 확인하는 것이다.

손을 잡고 걸을 때
맛있는 음식을 먹을 때

그 사람의 품에 안겼을 때
서로의 눈을 바라보고 있을 때

그 사람과 함께할 때
나타나는 내 표정이

지금 우리의 사랑이
얼마나 따뜻한지 말해 준다.

또 하나의 방법은
그 사람과 떨어져 있을 때
내 기분을 확인하는 것이다.

그 사람에게 문자를 보낼 때
그 사람과 통화를 할 때

잠들기 전에 그 사람을 떠올릴 때
아침에 일어나서 그 사람을 생각할 때

그 사람과 떨어져 있을 때
변화하는 내 기분이

지금 우리의 사랑이
얼마나 굳건한지 말해 준다.

우리가 느끼는 감정들은
눈에 보이지 않지만

눈으로 볼 수 있도록
다른 모습으로 나타나기도 한다.

No Good, Good

사랑하는 사람에게는
내 마음을 있는 그대로 보여 주세요.

영화나 드라마를 찍다 보면
NG 장면이 생기잖아요.

관람객에게는 NG 장면을 빼고
완벽한 장면들만 엄선해서 보여 주고요.

하지만 사랑은 그러지 않아도 돼요.
완벽한 모습이 아니어도 괜찮아요.

NG는 'No Good'의 줄임말이래요.
나의 어떠한 모습이
다른 사람이 보기에는
'No Good'일 수 있지만

당신을 사랑하는 사람은
당신의 부족한 모습조차도
'Good'으로 봐줄 거예요.

그러니 있는 그대로 솔직하게
당신의 전부를 표현해 줘요.

억지로 참지 말고.
꾹꾹 눌러 담지 말고.

내
가
설

자
리

하루에 스무 통씩 하던 문자가
한 통으로 줄었는데
어떻게 내 마음이 안 아플 수 있겠어.

초롱초롱한 눈으로
내 말에 귀 기울이던 네가
피곤한 티만 내는데
어떻게 내 마음이 안 슬플 수 있겠어.

마음은 그대로일지 몰라도
보이는 게 달라졌는데
어떻게 내 마음이 아무렇지 않을 수 있겠어.

변해서 변했다고 말하는 건데
아니라고 우기기만 하면
우리의 상황은 나아지지 않고
제자리에 머무를 뿐이야.

너를 의심하는 게 아니라
다시 한 번 확인하고 싶은 거야.

우리의 사랑이 여전한지.
네가 나를 아직도 사랑하는지.

왜 그러느냐고 다그치면
나는 더 작아지게 돼.

네 앞에 설 자리가
점점 없어지게 돼.

하나도

안 괜찮아

왜 그런 걸로
삐치냐고 말하지 마.

겨우 그런 걸로
서운하게 만든 건 바로 너잖아.

왜 그런 작은 일로
우냐고 말하지 마.

겨우 그런 작은 일을
지키지 못한 건 바로 너잖아.

나는 무너져 내리는 마음을
겨우 참고 있는데

너는 이런 상황이 지친다는 듯이
내 앞에서 한숨 쉬지 마.

아직 내 말이
다 끝나지도 않았는데

미안하다는 말로
대충 넘어가려고 하지 마.

나는 안 괜찮아.
하나도 안 괜찮아.

사랑을 침몰시켰다

너를 좋아하면 좋아할수록
너의 마음을 확인하고 싶어졌다.

괜히 나 혼자 마음이 커져서
앞서 나간 건 아닌지.

너도 나처럼 우리의 미래를
함께 그려 가고 있는지.

마음은 눈으로 볼 수 없기에
더욱 확인하고 싶어졌다.

그래서 시간이 지날수록
사소한 것들에 집착했고

내가 불안해하지 않도록
끊임없이 표현해 주기를 바랐다.

이런 나의 욕심 때문에
네가 지쳐 가고 있는지도 모르고

너의 마음을 보채며
사랑을 침몰시켰다.

유일한 당신

이 세상에서 당신은
유일한 사람입니다.

그저 그런 세상에서
비슷한 사람들끼리
살아가는 것처럼 보여도

당신만이 할 수 있는 무언가가
반드시 있습니다.

아직 모를 뿐이지
없는 게 아닙니다.

없나 보다 하며 살아가면
정말 없는 게 됩니다.

당신이 갖고 있는
유일한 가치를 믿으며
꿋꿋하게 살아가다 보면

그것을 알아주는 사람이 생기고
그것을 알아주는 세상이 옵니다.

보이지 않는 것을 믿는 건
힘든 일이지만

그럼에도 스스로를 믿고
잘 헤쳐 나갔으면 좋겠습니다.

이 세상에서 당신은
유일한 사람입니다.

그 유일한 당신이
사라지게 두지 마세요.

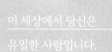

이 세상에서 당신은
유일한 사람입니다.

그 유일한 당신이

사라지게 두지 마세요.

끝내 그 사람이

나를 몰라보더라도

단 한 번을
사랑하더라도
마음 편한 사랑을 해요.

눈치 보느라
내 마음을 욱여넣는 사랑 말고.

내 마음이 편한 쪽을 찾아

아프지 말고 사랑하도록 해요.

사소한 다툼이 반복되니까
나도 점점 힘이 들더라.

사랑만 있으면
어떤 고비도 이겨 낼 거라 생각했는데
연애는 내가 생각했던 것만큼
쉬운 일은 아니더라.

매번 반복되는 다툼, 나아지지 않는 상황.

사랑을 하면서도 행복을 느끼지 못하고
서로의 삶이 피폐해지더라.

곧 괜찮아질 거라고
수없이 생각을 바꿔 보려 해도
그때 잠깐일 뿐
다시 다툼이 시작되더라.

그래서 나도 어쩔 수 없이
이별을 선택하게 되더라.

헤어지고 싶어서 헤어진 게 아니라
헤어져야 하니까 헤어지게 되더라.

행복하지 않은 사랑은
더 이상 하고 싶지 않으니까.

서로를 힘들게 하는 사랑은
더 이상 하고 싶지 않으니까.

다른 의미로 행복했었다

너를 다시 믿기에는
내가 너무 많이 다쳤다.

나에게는 더 이상
예전처럼 버틸 수 있는 힘이 없다.

너를 향한 기대를 놓는 것도
처음이 어려웠을 뿐

포기하기 시작하니
오히려 후련했다.

네가 아무리 상처를 줘도
너의 곁을 맴돌던 나의 사랑이었다.

네가 무슨 짓을 해도
나는 괜찮은 척했다.

너는 그런 나를 쉽게 여겼을 테고
속으로 비웃었을지도 모르겠다.

하지만 너에게 최선을 다했던
나의 선택을 후회하지 않을 것이다.

비록 아름다운 결말은 아니었지만
그 순간에는 다른 의미로 행복했었다.

사랑을 알려줘서
고마웠다.

우리
이제
그만하자

너를 사랑할수록 네가 미워지니까
우리 이제 그만하자.

행복했던 기억마저도 흩어지려 하니까
우리 정말 그만하자.

차마 너에게
내 밑바닥을 보여 주고 싶지 않아.

너와의 연애를
끝으로 치닫게 만들고 싶지 않아.

좋은 이별을 하고 싶다는
의미가 아니야.

더 나쁜 이별을
하고 싶지 않다는 거야.

그러니까 욕심내지 말고
이제 여기서 그만하자.

아닌 건 아닌 거니까
여기서 정말 그만하자.

아무리 마음이 아파도
이별을 견딜 자신이 없어도

서로를 위해서 그만하자.

당연한 노력은
없다

내가 원래부터
이해심이 많은 성격이 아니라

진짜 좋아하는 사람이라서
이해를 해 보려고 노력하는 건데

왜 그런 내 마음을
너는 몰라주는 걸까.

내가 원래부터
져 주는 성격이 아니라

진짜 내 사람이라고 생각해서
굽히려고 노력하는 건데

왜 그런 내 마음을
너는 몰라주는 걸까.

원래부터 그런 게 아니라
너라서 그런 건데

원래부터 그런 사람이 아니라
너라서 그런 사람이 되려는 건데

내가 원래부터
그런 모습을 갖고 있는 사람인 것처럼

왜 너는 나의 노력을
당연하게 여기는 걸까.

마음 편한 사랑

단 한 번을 사랑하더라도
마음 편한 사랑을 해요.

말도 안 되는 상황들로 상처받지 말고
갑갑한 상황들로 애태우지 말고
원하지 않는 상황들로 끙끙 앓지 말고.

내 생각을 말하기 전에 눈치부터 보게 된다면
그 사람이 화낼까 봐 겁부터 난다면
나에게 헤어지자고 말하면 어떡하나 걱정부터 든다면
그 관계는 건강하지 않은 관계예요.

아프면 병원에 가서 아프다고 말해야
치료할 방법을 찾을 텐데
아픈 곳을 아프다고 말하지 못하면
계속 아파하는 수밖에 없잖아요.

그러니 내 마음이 편한 사랑을 하도록 해요.

그
자
체
로
소
중
하
다

너의 어느 것 하나도
소중하지 않은 게 없었다.
그래서 나는 너의 소중함을 지키기 위해
끊임없이 노력했다.

하지만 나의 노력이
너에게는 상처가 되었나 보다.
늘 나만 앞서가서 네가 힘들었나 보다.

언제부터인가 사랑은 욕심이 되었고
좋았던 마음은 우리를 더 멀어지게 만들었다.

내가 항상 얘기했지만
너는 정말 소중한 사람이다.

네가 내 곁에 있든
네가 내 곁에 없든

그것과는 상관없이
너의 모든 게 그 자체로 소중하다.

비록 잠깐이었지만
이토록 좋은 사람이
내 곁에 머물렀다는 것만으로도

나는 충분히 감사했고
또 행복했다.

너는 네가 부족하다며
자신을 낮춰서 얘기했지만

나에게 너는
너무나도 큰 사람이었다.

그러니 너를 쓸모없는 사람이라고
생각하지 않았으면 좋겠다.

네가 보이지 않는 먼 곳에서도
나는 너를 항상 응원할 것이다.

네가 하는 일, 하려는 일
모두 잘되기를 빈다.

나의 전부였고
나의 세상이었던
너에게.

사랑을 시작하는 게 두려울 때

새로운 사랑을 시작하는 게
두려울 때가 있다.

예전의 사랑과 똑같을까 봐.
그래서 내가 상처받을까 봐.

사랑을 할수록 행복도 커지지만
마음속에 상처도 늘어나니까.

그래서 내 앞에 좋은 사람이 나타나도
반가움보다 두려움이 앞서게 된다.

새로운 사람을 만나는 게
귀찮을 때가 있다.

새로울 것 없는 데이트를
주말마다 해야 하니까.

서로에 대해 알아 갈 때까지
열심히 말다툼을 해야 하니까.

그래서 괜찮은 사람과의 약속에도
설렘보다 걱정이 앞서게 된다.

예전에는 새로운 게
마냥 좋게만 느껴졌는데

새로운 것일수록
나를 힘들게 한다는 사실을 깨닫고 난 뒤에는

'그냥 이대로 있자.
지금도 충분히 행복하잖아.'
마음을 웅크리게 되었다.

어쩌면 더 큰 행복을
누릴 수 있음에도
상처받지 않기 위해
행복을 피하게 되었다.

마음속으로는 새로운 만남을 기대하고 있지만
똑같은 상처를 또 받을까 봐
결국 도망치게 된다.

언제쯤 이 마음을
훌훌 털어 낼 수 있을까.

많은 시간이 흘러도
나만 제자리걸음일까 봐
솔직히 두렵다.

내 옆자리를 내어 주는 것

나는 수많은 확신이 쌓여야
마음을 줄 수 있다.

어린 마음에 순간 혹해서
내 모든 것을 쏟아부었던 기억들이

가시가 되어
내 마음에 상처를 냈기 때문이다.

나는 수많은 우연이 겹쳐야
인연을 믿을 수 있다.

사탕 발린 말에 순간 혹해서
내 미래를 쏟아부었던 기억들이

내 마음을 내리쳐서
멍들게 했기 때문이다.

수많은 확신이 쌓여도
무너지는 게 신뢰고

확실한 인연이라 믿어도
결국 끊어지는 게 연인이었다.

그래서 나는 사랑 앞에서
항상 조심스럽다.

행복하지 않은 사랑이
얼마나 큰 아픔이 되는지

누구보다 잘 알기 때문에
더 움츠러들게 된다.

사랑은 그 무엇으로도 경험할 수 없는
행복을 주지만

사랑은 그 무엇으로도 씻을 수 없는
상처도 주기에

내 옆자리를 내어 주는 게
어렵기만 하다.

한 번 더 던져 보세요

동전을 던졌습니다.

첫 번째 던졌을 때는
뒷면이 나왔습니다.

두 번째 던졌을 때도
뒷면이 나왔습니다.

세 번째 던졌는데도
뒷면이 나왔습니다.

여기서 퀴즈입니다.
네 번째로 던질 때에도
과연 뒷면이 나올까요?

답은 '그럴 수도 있고
아닐 수도 있다'입니다.

연애도 마찬가지입니다.
사랑 아니면 이별, 둘 중 하나죠.

마지막 연애의 끝이
이별이라 할지라도

그다음 연애의 끝이 이별이라고
답을 내릴 수 없습니다.

그러니 용기를 내서
한 번 더 동전을 던져 보세요.

인생 전체를 놓고 보자면
동전을 던졌을 때
앞면이 나왔냐 뒷면이 나왔냐보다

'그럼에도 불구하고
한 번 더 동전을 던졌다는 것'에
의미가 있을 테니까요.

한없이

초라해진다

끝없이 확인해야 하는 사랑이라면
차라리 없는 게 낫겠다.

나는 너에 관한 것이라면
포기한 것마저도 소중한데

그저 그런 마음과
그저 그런 태도로

나를 대하는 너의 모습을
지켜보는 게 힘들다.

사랑이 이렇게 비참한 거라면
차라리 안 하는 게 나을 것 같다.

나도 누군가에게는
그 무엇보다도 소중한 존재인데

너의 곁에만 있으면
한없이 초라해진다.

스스로의 소중함을 잊게 된다.

미
워
하
지

말
자

그 사람을 미워한다고 해서
달라지는 건 없다.

내 마음만 삐뚤어지고
추억만 더럽혀질 뿐이다.

어차피 현실을 되돌릴 수 없으니
행복했던 순간들만 기억하자.

비록 우리의 인연은
새드 엔딩이지만

그렇다고 해서 함께한 시간들이
모두 불행했던 건 아니니까

괜히 안 좋은 기억으로 만들어서
그 사람을 원망하지 말자.

그래도 한때
열렬히 사랑했던 사람이니

좋았던 기억만
마음속에 담아 두자.

지나간 사랑에 연연하며
시간을 낭비하는 게 아니라

다가올 인연을 맞이할 나를 위해
잘 살아가자.

왜
연
애
안
해
?

이제 연애는 신물이 난다고
감정이 다 메말랐다고
주변 사람들의 말에 손사래를 치던 나였지만

사실 나는 누구보다 예쁘게
사랑을 하고 싶었다.

더 솔직하게 말하자면
연애를 하고 싶지 않았던 게 아니라

사랑하는 사람과 헤어져야만 하는 연애를
하고 싶지 않았던 것이다.

한 사람과 사계절을 함께 보내는 게
나에게는 왜 이렇게 힘겨운 일인지.

힘겹게 사계절을 버티고 나면
왜 그 끝에는 늘 이별이 있는 건지.

나만 항상 연애를
힘들게 하는 것 같아서

좋은 사람이 내 앞에 나타나도
계속 도망만 친다.

이 사람과의 인연도
망치게 될까 봐.

행복을 양보하지 마세요

행복을 양보하지 마세요.

당신에게 찾아온 시련들이
당신 안에 있는 행복을 밀어내지 않도록
행복을 있는 힘껏 붙잡으세요.

이미 벌어진
어쩔 수 없는 상황들에 연연하지 말고
그다음을 생각하세요.

과거는 이미 지나가 버렸고
미래는 어떻게 될지 알 수 없지만
현재는 내가 마음먹기에 따라
바뀌는 것입니다.

자연스럽게 오는 행복도 있지만
노력해서 얻어지는 행복도 있습니다.
당신이 불행 속에 갇혀 있지 않도록
행복을 위해 애쓰세요.

행복을 다른 것에 양보하지 마세요.

연
인
의　말
투

말투를 조금만 부드럽게 해도
연인 간의 다툼을 줄일 수 있다.

상대방의 자존심이 상할 만큼
비꼬아서 말하기 때문에

조금 티격태격하고 그칠 일도
큰 다툼이 되는 것이다.

말투 때문에 기분이 상해
다툰 이유는 뒷전이 된다.

감정은 감정대로 상하고
문제는 해결되지 않는다.

그러니까 아무리 많이 다퉈도
나아지는 부분이 없고

그 상태에서 쳇바퀴를 돌 듯
제자리만 맴돌게 된다.

자신의 생각을 상대방에게
있는 그대로 표현하면 되는데

감정이 격해진 상태에서
날카롭게 말하니까

다툼이 끝난 뒤에도
마음에 상처가 남는 것이다.

해결되지 않은 다툼은
마음속에 응어리를 만들어

살짝만 건드려도
욱하는 상태가 되어 버린다.

그러니 다툴 때에는
말투를 조심해야 한다.

이미 마음이 상해서
다투는 것조차 싫어지면

두 사람의 연애는
돌이킬 수 없는 상태가 되니까.

괜찮았다가 다시 무너진다

네가 나쁘다는 걸
알고 있으면서도

마음이 자꾸만 약해져서
널 용서하게 된다.

너의 행동들을 욕하며
널 나쁜 사람으로 만들어도

결국 다시 널 보고 싶어하며
원점으로 되돌아간다.

속이 끓을 만큼 네가 밉다가도
눈물이 흐를 만큼 네가 보고 싶어진다.

하루는 괜찮았다가
다음 날은 다시 무너진다.

어제는 잊겠다고 다짐했지만
오늘은 그 다짐부터 잊어버린다.

내가 아무리 헤매도
그 길의 끝에는 네가 서 있다.

모
래
위
에

쌓
은
성

믿음이 깨진 연애는 오래갈 수 없다.
사랑의 첫걸음은 '믿음'이기 때문이다.

연락을 제대로 하는 것.
서로에 대해 기억해 주는 것.

내뱉은 말은 꼭 지키는 것.
자존심을 내세우지 않는 것.

이렇게 과정을 차곡차곡 쌓아 올리면
먼 훗날 두 사람에게 위기가 찾아와도
믿음이 버틸 수 있는 힘을 선물해 준다.

지금은 과정을 쌓는 게 큰 의미가 없어 보여도
시간과 함께 단단해진 믿음은
그 무엇으로도 부서지지 않을 만큼
굳건한 사랑을 만들어 준다.

그래서 연애를 할 때
믿음을 지키는 것이 중요하다.

믿음이 없는 연애는
'모래 위에 쌓은 성'과 같다.

물 한 방울에도
자신의 색깔을 잃어버리는
모래 위에 쌓은 성.

연락을 안 하면 걱정하겠구나

연락을 자주 해 달라는 내 말의 속뜻은
기다리고 있는 사람의 마음을
생각해 달라는 것이다.

떨어져 있는 동안에는
서로의 모습을 볼 수 없으니

내가 걱정하지 않도록
꼬박꼬박 챙겨 달라는 것이다.

'연락을 안 해도 이해해 주겠지'가 아니라
'연락을 안 하면 걱정하겠구나'라고 생각해야 한다.

164

사랑하기에 궁금하고
궁금하기에 연락하는 건데

그 소중한 마음을
번거롭게 여기지 않았으면 좋겠다.

서로에 대한 믿음이 커졌다고 해서
소홀히 행동해도 된다는 생각은 버려야 한다.

지금 당장은 두 사람의 관계에
아무 이상이 없을지 몰라도

조금씩 금이 간 마음은
가랑비에도 낱낱이 부서진다.

보내는
사람
의
마음

우리가 주고받는 모든 건
보내는 사람의 마음에 달려 있다.

100원조차 하지 않는
문자 한 통에도
보내는 사람의 마음에
진심이 담겨 있으면
상대방에게 우주를 선물해 준 것이다.

단 한 줄기의 빛이라도
그 빛이 진심을 비춰 주면
온 세상이 밝아진다.

사랑은 기억해 주는 것

대부분의 연인이 다투는 이유는
상대방이 내 마음을 알아주지 않는다는
생각 때문입니다.

'그 사람은 나를 사랑하면서
왜 내 마음을 몰라주는 걸까.'
'내가 그때 분명히 말했는데
왜 기억해 주지 않는 걸까.'

사랑의 크기와 관심의 크기가
비례해야 한다고 생각하기 때문에

내 마음에 관심 가져 주지 않는
상대방에게 서운해져서
몇 번을 참고 참다가
결국 터지는 것이죠.

최근에 이유 없이
다투는 횟수가 늘었다면

내가 평소에 기억하던
상대방의 모습들을

편해졌다는 이유로 잊고 살진 않았나
되돌아볼 필요가 있습니다.

사랑은 알아주는 것이고
기억해 주는 것이니까요.

사랑은 알아주고
기억해 주는 것.

그 사소함으로부터
따뜻하게 데워집니다.
사랑도, 마음도.

사랑은 떠나도 나는 남는다

서로를 사랑하는 마음을
기억해 주세요.

그래야 불행 속에서도
행복을 느낄 수 있습니다.

마음이 아파도

무너지지 마세요.

내일의 내가

기다리고 있으니까요.

희
망
이

가
장

잔
인
했
다

나를 가장 힘들게 했던 건

항상 나를 실망시키는
그 사람이 아니라

그 사람이 괜찮게 변할 거라고
굳게 믿는 나였습니다.

헛된 희망을 품고
마음을 질질 끌면서

이도 저도 선택하지 못한 채
마음의 벽만 높게 쌓았습니다.

희망을 통해
절망을 배웠습니다.

나에게 가장 잔인했던 건
희망이었습니다.

시간이 지나야 낫는 고통

불편한 신발을 신고
하루 종일 걸어 다닌 적이 있습니다.

발이 너무 아팠지만
새 신발을 사기에는 돈이 아깝고
신발을 벗고 걷자니 창피해서

이리저리 발목을 꺾어 가며
최대한 아프지 않도록 걸어 다녔죠.

집에 돌아와서 신발을 벗으니
발에 피가 통하면서 시원한 느낌이 들었습니다.

그런데 불편한 신발을 벗었음에도
통증은 사라지지 않았습니다.

얼얼한 느낌이 들면서
발 전체가 퉁퉁 붓기 시작했습니다.

다음 날, 편한 신발을 신었지만
발이 계속 아파서
걷기가 힘들었습니다.

불편한 신발을 신고 하루만 고생해도
이렇게 몇 날 며칠을 아파하는데

이별 때문에 힘든 마음이
하루아침에 괜찮아질 수는 없습니다.

얼얼해지고 퉁퉁 부은 마음이 괜찮아질 때까지
마음에게 시간을 주세요.

주사 한 방에 낫는 병도 있지만
시간이 지나야 낫는 병도 있습니다.

특별한 사람이 되고 싶다

나를 소중하게 여겨 주는
사람이었으면 좋겠다.

나의 작은 것 하나도
마음속에 담아 두어서

나에게 상처 주지 않는
사람이었으면 좋겠다.

아무에게나 잘해 주는 사람이
아니었으면 좋겠다.

나는 한 사람에게
특별한 사람이 되고 싶으니

마음을 가볍게 여기는 사람이
아니었으면 좋겠다.

먼 훗날까지 함께할 수 있는
사람이었으면 좋겠다.

가벼운 연애로
끝나는 게 아니라

늙어 가는 모습을 지켜보고 싶은
사람이었으면 좋겠다.

이
별
은

코
끼
리
코

코끼리 코를 하고 스무 바퀴쯤 돈 뒤에
바로 고개를 들면
중심을 잡을 수 없어서
몸이 휘청거린다.

어지럽고 앞이 잘 보이지 않아
바닥에 주저앉고 만다.

하지만 그것도 잠깐이다.

바닥에 앉아서 한숨을 돌리면
언제 그랬냐는 듯이 다시 괜찮아진다.

이별도 마찬가지다.

헤어진 직후에는
모든 게 다 흐트러진 것 같아서
마음이 바닥으로 떨어지지만
시간이 지나면 다시 괜찮아진다.

영원한 슬픔은 없다.
다 지나가는 것이다.

지금 이 순간에
내가 해야 될 일을 하며
묵묵히 버티다 보면

언제 그랬냐는 듯이
다 괜찮아져 있을 것이다.

정말로 다 괜찮아진다.

무너지지 마세요

바닥에 물을 몇 방울 쏟았을 때는
휴지가 한 장만 있으면 되지만

물을 한 바가지 쏟았을 때는
휴지가 여러 장 필요합니다.

사랑도 마찬가지입니다.

내가 그 사람을 조금 사랑했으면
마음도 조금 아프겠지만

많이 사랑했기 때문에
마음이 많이 아픈 것입니다.

많이 사랑했는데
조금 아플 수는 없습니다.

당신의 마음이 많이 아픈 이유는
휴지 한 장으로는 다 닦아 내지 못할 만큼
그 사람을 많이 사랑해서입니다.

누군가를 많이 사랑해 본 것은
아주 소중한 경험입니다.

그 경험이 당신을 더욱
성숙하게 만들어 줄 것입니다.

그러니 마음이 아프더라도
무너지지 마세요.

내일의 나를 위해서.

서로를 더 아껴주자

지금 우리의 연애가
순탄하지 않은 이유는

사랑이 부족해서가 아니라
주변 상황이 힘들어서 그런 거니까

우리 조금만 더 참고 견뎌 보자.

함께해 온 시간만큼
버텨 보기로 하자.

상황이 사랑을
지배할 수도 있겠지만

우리는 사랑으로
상황을 덮어 버리자.

지금까지 잘해 왔으니까.
앞으로도 잘 해낼 테니까.

비록 지금 우리의 연애가
순탄하지 않더라도

안 좋은 생각하지 말고
서로를 더 아껴 주자.

당신을

칭찬해요

사소한 일이라도
칭찬해 주는 사이가 되어야 한다.

불만을 말하는 것에만 익숙해지고
칭찬에 인색하면 안 된다.
상대방의 작은 배려에 고맙다고 표현해야 한다.

고마운 마음을 속으로만 간직하고 있으면
상대방은 모른다.

설령 마음을 알더라도
직접 듣고 싶은 게 사람 마음이다.

오래 사귈수록 칭찬이 쌓이는
관계가 되어야 한다.

사귀다 보면 서로 맞지 않는 점이
더 많이 보이는데
서로에게 칭찬을 하는 습관이
그 시기를 극복하게 해 줄 것이다.

칭찬을 싫어하는 사람은 없다.
겉으로 괜히 손사래를 쳐도
속으로 좋아하는 게 사람이다.

나를 서운하게 만들었던 행동은
어떻게든 꼬집어 내면서

나를 행복하게 했던 행동들에
고맙다는 말은 그냥 지나치지 않았는지

그동안 상대방을 대했던 나의 모습을
되돌아볼 필요가 있다.

넘기지 말아야 될 하루

연인 간의 다툼은
하루를 넘기지 않는 게 좋다.

냉전기가 길어질수록
안 좋은 생각만 많아지기 때문이다.

다툼을 마무리 짓지 않은 채
잠을 자려고 누우면

머릿속에 온갖 생각이 떠돌아다녀서 마음이 힘들고
자고 일어나서도 마음이 개운하지 않다.

다툰 지 하루가 넘어가면
화해해야 할 시기도 애매해진다.

아무렇지 않은 듯이 연락하기에는
아직 내 감정이 다 풀리지 않았고

그렇다고 연락을 안 하자니
자존심으로 줄다리기하는 것 같다.

이러지도 저러지도 못하겠기에
그냥 의미 없는 시간만 흘려보낸다.

시간이 지날수록 다툼과 화해가
부담스럽게 느껴진다.

그때부터 '그냥 내가 참고 말지'라고
생각하게 되며

불만이 생겨도 대화를 하지 않아
서로의 생각이 단절된다.

이처럼 최악의 상황이 되지 않기 위해선
다툼을 오래 끌지 말아야 한다.

서로 웃으면서 보내기에도
부족한 시간이니까.

맞춰 가며 사랑하는 것

연애를 하면서
그 사람이 마음에 안 드는 부분도 많았지만
그때마다 나는
생각을 고치려고 노력했다.

내가 사랑하는 사람을
깎아내리는 건
오히려 내 손해라는 생각이 들었기 때문이다.

나에게 말을 안 해서 그렇지
분명히 그 사람도 우리의 연애에
불만을 갖고 있을 것이다.

하지만 일일이 짚고 넘어가면
순탄한 연애를 할 수 없으니
맞지 않는 모습도 끌어안고 가는 것이다.

다른 환경에서 자란 두 사람이
완벽히 잘 맞을 수는 없다.

잘 맞지 않더라도
맞춰 가며 사는 것이다.

사랑하니까.
헤어질 수 없으니까.

항상 즐겁지 않을 수 있다는 것

사랑이 우리에게 항상
즐거운 감정만 주는 건 아닙니다.

그동안 나조차도 몰랐던
나의 밑바닥을 보게 하고
내가 이렇게
눈물이 많은 사람이었는지 알게 합니다.

그러지 말아야지 하면서도
자존심을 내세울 때도 있고
말을 예쁘게 해야지 하면서도
막말을 할 때가 있습니다.

사랑을 할 때
항상 좋을 수만은 없습니다.
꿈꾸던 사랑과
거리가 점점 멀어지는 경우도 있지요.

하지만 우리 사랑만 왜 이렇게 암울할까
굳이 고민할 필요가 없습니다.

즐거워 보이는 주변의 다른 연인도
안 좋은 모습은 감추고
행복한 모습만 보이려고
노력하는 것이니까요.

사랑이 항상 행복할 수만은 없다는 사실을
온전히 받아들일 수 있다면
조금 더 여유로운 사랑을
할 수 있지 않을까 생각합니다.

우리 사이가 좋은 날이든
안 좋은 날이든

사랑하는 마음만
그대로 간직하면 되니까요.

사랑인 줄 알았다

그런 게

그 사람과 함께 걸으면
항상 힘이 들었다.

걷는 걸 좋아하는 내가
걷다가 금세 지치는 것이 의아했는데
그 사람과 헤어지고 다른 사람과 걸어 보니
왜 힘들었는지 알게 되었다.

나는 항상 그 사람에게 맞춰서 걷고 있었다.

걸음이 너무 빠른데
보폭이 너무 넓은데

그래서 내가 너무 힘든데
아무 말 없이 그 사람에게 맞춰 걸었다.

내가 조금 참으면 되지
내가 조금 힘들면 되지

그런 마음으로 견뎠던 것 같다.

내가 지쳐 가고 있는 줄도 모르고
힘이 서서히 빠지고 있는 줄도 모르고

말없이 맞춰 주는 것만이 정답인 줄 알고
다 이해해 주는 것만이 사랑인 줄 알고

마음이 바닥에 주저앉을 때까지
그 사람에게 맞춰 주기만 했다.

눈길이
가는
사람

한마디를 하더라도
예쁘게 말하는 사람이 좋다.

듣는 사람의 기분을 생각해서
배려해 주는 것 같으니까.

주변 사람에게 예의 있게 행동하고
공손하게 말하는 모습을 보면

나도 모르게 마음이 움직이고
입가에 미소가 지어진다.

똑같은 말이라도
어떻게 말하느냐에 따라서
듣는 사람의 기분이
바뀌기도 한다.

언행을 바르게 하는 사람은
그 미묘한 차이를 아는 사람이기에
훨씬 더 매력적으로 느껴진다.

말을 예쁘게 해야 한다는 사실은
누구나 알고 있다.

하지만 머리로 알고 있는 것을
행동으로 옮기는 사람은 많지 않다.

사소하지만 중요한 부분을
놓치지 않는 모습에서
그 사람의 성품을 느낄 수 있기에

자꾸 눈길이 가고
마음이 가는 것이다.

시린 마음은 뽑아야 하는데

진심이 통하지 않는다는 걸 느낄 때마다
내 마음이 얼마나 시린지 너는 모를 것이다.

참지 못할 만큼의 고통으로 나를 아프게 하면
차라리 뽑아내 버릴 텐데

너와 닿는 그 순간순간만 시리니까
'조금만 참자, 익숙해질 거다'
미련한 마음으로 버티게 된다.

이별이 무서워서
더 큰 병을 키우고 있다.

아프지 않은 상처는 없다

마음에 상처를 내는 것까지는
뭐라고 하지 않을 테니

상처를 냈으면 연고를 발라 주는
노력이라도 해 줬으면 좋겠다.

약국에 가서 연고를 사는 일도
상처 부위에 연고를 바르는 일도
너는 항상 나 혼자서 감당하게끔 내버려 뒀다.

왜 그런 일로 상처받느냐고
너무 쉽게 상처받는 것 아니냐고

오히려 나를
예민한 사람으로 몰아갔다.

상처받는 사람의 입장은 전혀 생각하지 않고
자신이 휘두른 상처를 합리화하기 바빴다.

상처를 보듬어 줄 자신이 없으면
아예 주지 말거나

상처를 줄 수밖에 없으면
다친 마음을 보듬어 주거나

둘 중에 하나를 선택해서
책임감을 보여 줬으면 좋겠다.

이 세상에
아프지 않은
상처는 없으니까.

가치를 보지 못한 것뿐

나는 가치 있는 사람입니다.
그 사람이 나의 가치를
못 본 것뿐입니다.

그 사람이 나를 떠났다고 해서
내가 가치 없는 사람이 되는 게 아닙니다.

나도 이때까지
내가 만난 모든 사람의 가치를
다 알아주지는 못했듯이

그 사람도 나의 가치를 못 보고
그냥 지나친 것뿐입니다.

그러니 이별 때문에
나를 가치 없는 사람이라
여기지 마세요.

그 사람이 나를
결정할 수는 없습니다.

마음은 같다는 것
생각이 달라도

상대방의 말을 잘 들어주기만 해도
다툼을 절반으로 줄일 수 있다.

상대방의 의견은 안 듣고
자꾸 내 이야기만 하다 보니까

서로가 원하는 점을 알지 못해서
계속 다투는 것이다.

이미 자신은 억울한 상태이기 때문에
감정이 격해져서 언성이 높아지면

상대방의 말은 귀에 들어오지 않고
내 억울함만 토로하게 된다.

하지만 그러한 태도는
다투는 시간만 길어지게 할 뿐
문제를 해결해 주지는 않는다.

상대방을 이해할 때까지
듣고 또 들어야 한다.

내가 상대방에게
이해를 바라는 것처럼
상대방도 그럴 것이다.

서로의 생각이 다를지 몰라도
마음은 같다는 점을
마음속 깊이 새긴다면
다툼을 줄일 수 있지 않을까.

너무 사랑해서 | 어쩔 수 없는 마음

하루 종일 연락 한 통 없는
그 사람이 미웠다.

연락에 신경 썼으면 좋겠다고
수없이 부탁했는데

내 간절함에 관심조차 없는
그 사람에게 서운했다.

연락이 오지 않는 동안
수많은 생각이 들었다.

'얼마나 바쁘면 그러겠어.
그냥 내가 이해하자.'
'아무리 그래도 이 시간까지 답장이 없는 건
너무한 거 아니야?'

여러 생각 끝에
차라리 이별이 더 낫겠다는
결론이 내려졌다.

연락 문제 때문에
너무 지친 상태였으니까.

한참이 지난 뒤
휴대폰 문자 알람이 울렸고

그 사람에게서 온
문자라는 것을 알았을 때

지금 헤어지자는 말을 해야겠다고
마음먹었다.

그런데 문자 내용을 보자마자
온갖 불만으로 가득 찼던
내 마음이 녹았다.

'미안, 답장이 늦었지?
너무 바빴어. 사랑해.'

방금 전까지만 해도
헤어져야겠다는 생각이 들었는데

나도 사랑한다며
그 사람에게 답장하고 있는 나를 보았다.

그 순간 느꼈다.
내가 그 사람을 많이 사랑한다는 것을.

너무 사랑해서
어쩔 수 없다는 것을.

그 사람의 작은 관심 하나에도
한없이 무너진다는 것을.

내
속을
몰라주는
너

믿지 못하는 것과
불안해하는 것은 별개다.

못 믿어서 불안한 게 아니라
좋아해서 불안한 것이다.

네가 좋으니까
놓치기 싫은 마음이 커지고

너랑 오래도록 함께이고 싶은데
그럴 수 없을까 봐 두려워서

더 걱정하는 것이고
더 조심하는 것이다.

'표현을 많이 하면
혹시 나에게 질릴까.'
'표현을 안 하면
혹시 내 마음을 오해할까.'

이러지도 못하고 저러지도 못하는 마음을
너는 모를 것이다.

너를 좋아한 뒤부터
내 마음은 너무 복잡해졌는데

그런 내 속을 몰라주는
네가 정말 밉다.

이
토
록

소
중
한
너

우리 사소한 일로
다투지 말자.

함께 웃으면서 지내도
부족한 시간인데

아무것도 아닌 일로 다퉈서
냉전기를 가지는 건

시간이 너무 아까우니까
다투지 말자.

어쩔 수 없이 다투더라도
금방 화해하자.

괜한 자존심 때문에
누가 먼저 연락하나 재지 말고

누가 먼저랄 것도 없이
서로에게 사과하자.

허무하게 헤어지는 일이 없도록
현명하게 사랑하자.

이렇게 소중한 너를
잃고 싶지 않으니까.

내 마음이 다치지 않도록

바다는 파랗습니다.

우리는 바다가 파란 것을 파란 그대로 받아들이며
바다에게 빨개지라고 말하지 않습니다.
파란 바다에게 왜 파랗냐며 비난하지도 않습니다.

바닷물은 짭니다.

수영을 하다가 바닷물이 입에 들어갔을 때
왜 이렇게 짜냐고 짜증을 내면
"바닷물이니까 짜지"라는 답변이 돌아옵니다.

이처럼 우리는 바다를 바다로 봐 주고
바닷물을 바닷물로 여깁니다.

사랑도 마찬가지입니다.

나를 나로 봐 주는 사람.
나의 부족한 모습을 비난하지 않는 사람.
나의 서투름에 짜증 내지 않는 사람.
넘어지고 엎어지고 깨지는
나의 초라한 순간도 외면하지 않는 사람.

있는 그대로의 나를
사랑해 주는 이에게 마음을 주세요.
그래야 내가 다치지 않습니다.

사람의 마음은 아주 귀한 것이라
탐내는 사람이 많습니다.

마음을 얻으면
전부를 얻을 수 있으니까요.

그러니 아무에게나 마음을 주지 마세요.

귀한 내 마음이 다치지 않도록.

잊지 마, 내 사랑의

주인은 나라는 걸

너의 곁에만 있으면

한없이 초라해진다.

그래서 떠나려 한다.

내가 주인인 사랑을 찾아서.

마냥 이해만 바라는 너

내가 듣고 싶었던 건
너의 따뜻한 진심이었는데

네가 들려주는 건
나를 설득하는 핑계들이었다.

바빠서, 피곤해서
그럴 수밖에 없었다는
너의 말이 싫다.

너의 바쁨으로 내 마음이 아픈데
너의 피곤으로 내 마음이 속상한데

마냥 이해만 바라는
너의 태도가 싫다.

사랑한다는 말보다
이해한다는 말을 더 많이 하는 내가
얼마나 더 버틸 수 있을까.

이 힘겨운 줄다리기에서
내가 손을 놓으면

뒤로 넘어져서 다치는 건 너인데
왜 너만 모르는 걸까.

아직은
사랑합니다

내가 아직은 당신을 많이 사랑합니다.
그래서 놓을 수가 없습니다.

나에게 상처를 주고
나를 울게 만들어도

내가 가장 밝게 웃던 순간에는
당신이 늘 곁에 있었기에

그때의 내 모습을
버릴 용기가 없어서

모질게 내치지도
확실하게 끊어 내지도 못합니다.

미련하다는 걸 알아도
어쩔 수가 없습니다.

내가 아직은
당신을 많이 사랑합니다.

내 안에는 아직도
당신이 살고 있습니다.

마음이 없었다는 것

시간이 없다고 하길래
정말로 시간이 없는 줄 알고

서운한 마음이 들어도
네가 미안해할까 봐
일부러 투정 부리지 않았는데

너는 시간이 없는 게 아니라
나에게 쓸 시간만 없는 것이었고

더 정확히 말하자면
나에게 시간을 쏠 마음이 없는 것이었다.

그래, 모두 마음의 문제였다.

마음이 있었다면
없는 시간을 만들어서라도
나를 위해 썼을 것이다.

이유는 그것뿐이었다.

얼룩을 남기지 마세요

당신이 그리워하는 건
그 사람이 아니라

꿀 떨어질 것처럼 당신을 바라보던
그 사람의 눈빛과

그 눈빛에 어쩔 줄 몰라 하며 행복해하던
당신의 모습입니다.

하지만 슬프게도
그때의 싱그러운 감정들은
시간 앞에 바래졌습니다.

다시 돌아가더라도
예전과 같을 수 없습니다.

완성하지 못한 사랑도
사랑 그 자체이니
미련으로 얼룩을 남기지 마세요.

당신만 망가집니다.

내 것이 아니었음을
받아들이세요.

부질없는 희망은
당신을 초라하게 만들 뿐입니다.

끝까지 참아야 된다는 사실

무조건 참지 말 걸 그랬다.

한 번 참아 주니
그렇게 해도 되는 줄 알고

똑같은 행동을 반복하며
내 속을 태웠고

한 번 참아 준 걸
또 참아 주지 않으면

이해심 없는 사람으로
나를 몰아세웠다.

한 번 참으면
끝까지 참게 될 수밖에 없다는 사실을

조금 더 일찍 알았더라면
이토록 미련하게 참지 않았을 텐데.

되돌릴 수 없는 시간들에
마음만 아플 뿐이다.

쏟
아
버
린

마
음

너무 주기만 해도 안 되고
너무 받기만 해도 안 되는 것 같다.

주기만 했던 나는
텅 빈 마음을 채우기 위해 사랑을 구걸했고
받기만 했던 너는
원하지 않는 것까지 떠안다 보니
사랑을 부담스러워 했다.

준 만큼 받기도 하고
받은 만큼 주기도 해야 하는데
마음을 조절하지 못해서 다 쏟아 버린 것 같다.

곁에 있을 때는
그게 행복인 줄 모르더니

잃고 나서 후회하는 네 모습에
내가 더 아프다.

한 번만 기회를 달라는 말이
무슨 의미가 있을까.

노력으로 되돌릴 수 없을 만큼
마음은 이미 차가워졌는데.

나 좀 봐 달라고 애원할 때는
못 본 척해 놓고

역으로 애원하는
너의 모습을 보니

과거의 내가 겹쳐 보여서
끝없이 초라해진다.

스스로를 좋아하는 마음

내 자존감의 높이를
남에게 맡기는 건 위험합니다.

그 사람 덕분에 자존감이 올라가고
그 사람 때문에 자존감이 내려간다면

언제 터질지 모르는
시한폭탄을 안고 있는 것이나 마찬가지입니다.

남에 의해 달라지는 자존감이라면
그 사람이 떠나거나
못된 사람을 만났을 때

언제 그랬냐는 듯이
쉽게 무너질 테니까요.

스스로를 좋아하는 마음은
내 안에서 나와야 합니다.

나를 좋아하는 마음은
내가 이 세상에 존재할 때까지
곁에 있어 줄 테니까요.

남에 의해 만들어진 자존감은
마르는 샘물이지만

내가 스스로 다져 온 자존감은
마르지 않는 샘물입니다.

인연도 영원할 수 없으니

스쳐 지나가는 인연이
하루에 수십 명인데

스쳐 지나가지 않고 인연이 되어
소중한 추억을 나눴다는 것만으로도

우리가 맺어진 인연의 역할은
다했다고 생각한다.

음식도 유통 기한이 있고
물건도 사용 기간이 있고

사람도 수명이 있는데
인연이라고 영원할 수는 없는 거겠지.

그래서 이별에 눈물을 흘려도
기쁘게 헤어질 것이다.

헤어질 인연도 인연이기에
억지로 거스르려 하지 않을 것이다.

마음이
저리는 일

사랑은 참 얄궂다.

아무리 노력해도 안 될 사랑은 안 되고
아무리 무심해도 될 사랑은 된다.

절대로 놓고 싶지 않았던 사랑은
나를 울게 만들었고
적당히 거리를 뒀던 사랑은
나를 웃게 만들었다.

분명히 사랑은 마음의 문제인데
왜 마음만으로 모든 게 결정되지 않는 걸까.

마음이 가는 대로
사랑이 따라와 줬다면

마음이 저리는 일은
없었을 텐데

어째서 내 연애는
마음과 사랑이 따로 걷는 걸까.

완
전
한
남

피 한 방울 섞이지 않았어도
가족보다 가깝게 지낸 사람이었는데

헤어지자는 말 한마디에
완전한 남이 되어 버렸다.

나의 모든 것을 줘도 아깝지 않아서
평생을 함께하자고 약속했는데

평생을 모른 척하고 지나쳐야 하는
완전한 남이 되어 버렸다.

다시 새로운 사람을 만나서
처음부터 서로에 대해 알아 가고
내 진심을 내어 주며
행복한 미래를 꿈꿀 수 있을까.

이젠 그럴 힘도 없고
그럴 자신도 없는데.

다시 사랑할 수 있을까.

좋았던 우리는 없다

나 혼자만의 착각이었다.

노력하면 괜찮아질 거라 믿고
상처받은 마음도 애써 외면했는데

뿌리가 튼튼하지 않은 사랑은
힘겹게 세워 놓아도 다시 쓰러졌다.

뭘 해도 다 좋았던
그때의 우리는 이제 없다.

껍데기만 남아서
언제 헤어져도 이상하지 않은
우리만 있을 뿐이다.

서로를 바라보지 않는 눈과
차가워진 말투가

지금 우리의 관계를
증명해 주고 있다.

이젠 정말로 착각 속에서
벗어나야 할 때인가 보다.

좋았던 우리는 없다.

의
미
없는   물
음

네 곁에 있는 나는
항상 초조했던 것 같다.

내가 못나고 부족해서
다른 사람에게 눈 돌리지는 않을까.

내가 평범하고 재미없는 사람이라서
나에게 질리지는 않을까.

스스로에게 확신이 없으니
나를 향한 너의 사랑에도 확신을 갖지 못했다.

그래서 나는 늘 너의 마음을
확인하고 싶었다.

나에 대한 마음이 변하지 않았는지.
아직도 그대로 사랑하는지.

예고 없이 불쑥불쑥 찾아오는
불안한 마음을 잠재우고 싶어서

의미 없는 물음을
계속 던졌던 것 같다.

적당한 힘으로 사랑을 던질 것

캐치볼을 할 때
공을 주거니 받거니 하려면

상대방이 받을 수 있도록
적당한 힘으로 던져야 합니다.

공을 너무 약하게 던지면
상대방의 앞까지 가지 못하고

공을 너무 강하게 던지면
저 멀리 날아가 버립니다.

마음도 마찬가지입니다.

내 마음을 알아주기를 원한다면
마음을 잘 던져야 합니다.

말을 안 해도 알아줄 거라는 생각으로
마음을 약하게 던지면
상대방에게 닿지 않고

마음만 앞서서 거리도 재지 않은 채
있는 힘껏 던지면
상대방이 부담스러워 합니다.

서로의 마음이 서로에게 닿도록
마음을 잘 던져야
오해로 틀어지지 않습니다.

나의 연애는 왜 항상
시작과 끝이 다른 걸까.

마음을 확인하기 전에는
운명이라 믿을 만큼
모든 게 잘 통했던 것 같은데

마음을 확인하고
서로에게 익숙해진 후로는

사소한 것부터 어긋나기 시작해서
다툼이 잦아지더니

오랜 침묵 끝에 한숨만 내쉬다가
헤어짐을 선택한다.

연애라는 게 원래 이런 건지
나의 연애만 이런 건지.

시작처럼 끝도 행복한
연애를 하고 싶다.

나만 놓으면 | 끝나는 건데

너의 하루에 내가 있지 않아도
너는 허전해하지 않을 것 같다.

나만 궁금해하고
나만 기다리고.

그러다 나 혼자 서운해하고
나 혼자 체념하고.

연애는 둘이서 하는 건데
나는 왜 둘인데도 외로운 걸까.

내가 인연의 끈을
억지로 붙잡고 있는 걸까.

나만 놓으면 끝나는 건데
미련으로 놓지 못하고 있는 걸까.

너
없
이
도

괜
찮
다

너를 떠올렸을 때
마음이 저릿하지 않는 걸 보니
네가 정말로 과거가 되었나 보다.

평생 너를 떨쳐 내지 못할까 봐
괴로워하던 순간도 있었는데

이젠 수많은 기억 중 하나가 되어
'과거'라는 단어로 포장되었다.

흐르는 시간 앞에서
버틸 수 있는 건 없나 보다.

너 없는 삶은
상상조차 할 수 없었는데

너 없이도
나는 이제 괜찮다.

사랑의 주인

사랑의 노예가 되지 말고
사랑의 주인이 되세요.

말 한마디 꺼내는 것에도
눈치를 봐야 한다면

마음에 온갖 상처를 내는데도
침묵하고 있어야 한다면

그건 서로 사랑을 하는 게 아니라
짝사랑을 하고 있는 것입니다.

그러니 사랑의 주인이 되어서
내 마음을 지키세요.

내 사랑이 짝사랑이 되도록
내버려 두지 마세요.

상대방이 내 마음에 들어오면
방 한 칸만 내어 주면 됩니다.

세입자에게 집문서를 넘기고
명의까지 변경해 주면

정작 내가 살 곳이 사라집니다.

내 사랑의 주인이 되세요.

마음에 온갖 상처를 내는 사랑이라면

그만해도 괜찮아요.

사랑을 하더라도 사라지지 말아요.

그림 GATARI / 김주환

콜라주와 그래픽아트를 기반으로 찰나의 흐드러진 감정을 만듭니다.
그라폴리오 grafolio.com/o_mo__iz
인스타그램 instagram.com/gatari._.art